KB140656

# 아직도 바람 소리가 들리니?

화가와 청각도우미견이 함께한 시간

글·그림

박광택

해드림출판사

# 아직도
# **바람** 소리가
# 들리니?

초판 1쇄 인쇄 • 2018년 10월 20일
그림, 글, 사진 • 박광택
글정리 • 양경숙
펴낸이 • 이승훈
펴낸곳 •해드림출판사
주 소 • 서울 영등포구 경인로82길 3-4(문래동1가 39)
　　　센터플러스빌딩 1004호(우편07371)
전 화 • 02-2612-5552
팩 스 • 02-2688-5568
E-mail • jlee5059@hanmail.net

등록번호 • 제2013-000076
등록일자 • 2008년 9월 29일

ISBN 979-11-5634-306-6

아직도
**바람** 소리가
들리니?

화가와 청각도우미견의 운명적인 만남,
8년 동안 함께하며 나눈
아름다우면서도 가슴 시린 이야기

글·그림 박광택

☀ 해드림출판사

## 박광택

어렸을 때 청력을 잃은 저자 박광택은, 동아대학교 회화과를 졸업한 후 홍익대학교 미술대학원에서 동양화를 전공하였고 대한민국미술대전 등 공모전에 다수 입상을 하였으며, 한국, 미국, 일본, 중국, 독일에서 38회의 개인전, 단체전 210여 회를 가진 바 있다. 현재 대한민국미술대전 초대작가, 한국미술협회, 부산미술협회, 해운대미술가협회 회원으로 활동하며 창작활동에 전념하고 있다.

## 일러두기

책 속 그림은 저자인 박광택 화가가 2004년부터 14년 가까이 그려 온 그림 중 일부를 골라 엮은 것으로 작품 하단 캡션은 작품 명, 작품 크기, 작업 연도이다. 작품은 모두 한지에 수묵채색으로 작업했다. 그리고 청각도우미견 사진은 폰카메라, 보급형 디카를 사용하여서 화질이 다소 선명하지 못한 부분이 있다.

자연의 숨결, 65×53cm, 2006

청각도우미견 소라(2009년 2월 5일)

소라와의 만남은 특별한 행운

  청각 도우미견 소라가 떠난 지 2년이 다 되어 간
다. 시간이 약이라지만 여전히 나는 소라를 향한 그
리움으로 마음의 병이 깊기만 하다. 특별하고 사랑
스러웠던 소라는, 나와 깊은 교감을 나눈 존재들 중
의 하나이다.

  사람들은 내가 그들을 필요로 하던 때 가까이 있
기도 하고 멀리 있기도 하였지만, 소라는 언제나 내
곁을 지켰다. 또다시 소라가 그립다. 소라와 함께한
8년 여 시간이, 한순간 지나가버린 거 같아 가슴이
먹먹해 온다.

  소라가 떠난 후 달려오는 소라를 보며 손길을 내

밀었던 적이 한두 번이 아니다. 소라의 환영에서 깨어나면 사무치는 그리움과 미안한 마음이 밀물처럼 나를 덮쳤다.

소라를 만나기 전까지는 소리가 없는 단절된 세상에서 몹시 어려움을 겪었다. 내면의 사유를 그림을 통해 표현하면서 나름대로 세상과 소통하려고 애썼지만 언제나 내 마음은 뭔가 복잡하고 착잡하고 싱숭생숭하고 울적할 뿐이었다.

들고 싶은 소리를 향한 동경과 자연환경, 고독, 절망 등 세상 고민이 담긴 그림들이 나의 무의식에서 솟아나왔다. 그리고 나는 늘 멈추어 있는데 따라잡을 수 없는 속도로 움직이는 세상에 대한 막연한 분노가 그림 속에서 표출되었다. 내 안에 그토록 부정적인 감정 에너지가 많다는 것에 스스로도 놀랐다.

어느 날이었다. 산책하는 주인을 따라가던 강아지가 나를 보며 반갑게 꼬리를 흔들어 주었다. 그 순간 가슴이 뛰었다. 그때부터 나는 반려견을 생각하게 되었다.

소라를 만나기 전까지 몇 차례 반려견을 키웠다. 하지만 이들과 단순한 감정 교감이 있었을 뿐, 섬세한 정서적 교감은 나누지는 못했다. 아니 불가능했다. 그런 상황에서 소라와의 만남은 나에게 아주 귀하고 특별한 행운이었다. 주인한테 두 번이나 버려진 경험이 있는 소라는 내면의 아픔을 가진 나와 참으로 유사하다는 생각이 들었다.

소라와 함께하면서 내 안에서는 긍정의 씨앗이 자라기 시작했다. 더불어 내 작품의 색깔도 변하기 시작하였다.

소라와의 추억을 여러 장면 되새겨보지만, 바닷물이 쓸어 가는 모래 위 글자처럼 기억은 자꾸만 어디론가 쓸려갔다. 시간이 흐를수록 안타까워, 소라의 자취소리가 담긴 책을 발간하기로 하였다. 그러면서 내 작품 이야기도 곁들이고 싶었다.

음성언어에 익숙지 못하니 매끄럽지 못한 글을 다듬기 위해서는 다른 사람의 도움이 필요하였다. 하지만 글을 다듬고 작품 이야기를 하면서 나는 내내 행복했다.

　스스로 인지하지 못했던 여러 가지 감정들이 언어로 낚여 올라오는 것을 보면서, 비로소 나는 내 감정들을 정확하게 이해하게 되었다. 소라와 함께 나의 그림들을 정리하는 과정을 통해 지금까지의 내 인생도 함께 정리해보는 특별한 시간이었다.
　나에게 주어진 모든 일에 감사를 드리며, 8년 여 동안 수호천사처럼 내 옆에서 귀가 되어 준 소라에게 이 책을 바치려고 한다.

　그리고 바람 소리에 창문이 흔들리면 내 품으로 달려오던 소라를 기억하며, 나는 소라에게 말하고 싶다. 지금도 바람 소리가 들리면 내게로 달려오라고.

2018년 09월 저자

# 목차

# 2

## 소라를 추억하며

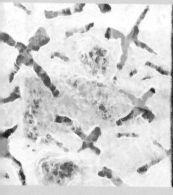

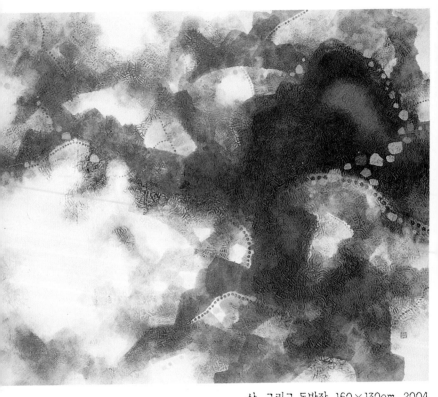

산, 그리고 동반자  160×130cm, 2004

아직도 바람 소리가 들리니?

# 산, 그리고 동반자

나는 산으로 간다.
하늘이 눈이 부시게 푸르러 내밀한 내 안의 언어들
이 소리치고 싶어 할 때면
나는 산으로 간다.
장대비가 내가 받쳐 쓴 우산보다 힘이 강해
내 발 앞에 굵은 눈물로 떨어질 때면 나는 산을 오
른다.
추위로 꽁꽁 얼어붙은 가슴에서 뭔가가 꿈틀거려 삐
죽이 나오려고 할 때면
나는 산을 바라본다.
그러면 산은 내 소리를 듣고 나도 산의 소리를 듣
는다.
철마다 때마다 다른 목소리로 내게 속삭여주는 산에게
나도 내 목소리를 들려주고 싶어서
오늘도 이렇게 몸부림하고 있다.

영혼의 울림, 91×116cm, 2004

아직도 바람 소리가 들리니?

# 영혼의 울림

어떤 날은 문득 산으로 뛰어 올라가 산 속에 놓인 종을 힘껏 내려치고 싶어진다.

저 옛날에 까치 떼들은 자신의 어머니를 살려준 선비를 구렁이로부터 구해주기 위해 동이 틀 때까지 깊은 산 속에 있는 종을 치고는 머리가 터져 죽었다는데 나는 누구를 위해 저 종을 칠까나.

산이 거꾸러져도 좋으리. 땅이 솟아나도 좋으리.

누군가를 위해 저 종을 칠 수만 있다면.

그래서 내 몸이 저 소리를 들을 수만 있다면 나도 까치처럼 피를 쏟고 생을 마감한다 해도 정말 좋으리.

자연의 침묵, 53×46cm, 2005

아직도 바람 소리가 들리니?

## 자연의 침묵

그렇게 오랫동안 침묵의 세계에서 살았음에도 불구하고 나는 문득 문득 소리의 세계가 어떠한지 궁금해진다.

내가 느끼는 고독의 깊이를 누가 잴 수 있으랴!

산꼭대기에 홀로 집 짓고 살다보면
그렇게 세월이 흐르다보면
어느 날 문득 바람 소리가 들리려나 소망해 본다.

오늘도 나는 부질없는 그 소망으로
홀로 산을 오른다.

여전히 산도 침묵하고 바람도 침묵하지만….

카오스, 53×46cm, 2007

아직도 바람 소리가 들리니?

# 카오스

내 머리 위 하늘이 검게 드리워진다.
금방 굵은 빗방울이 우두둑 쏟아질 듯한 기세다.

그 빗소리가 듣고 싶다.
비바람 때문에 일렁이는 파도 소리가 듣고 싶다.

비가 올 때 내가 울면
빗소리에 묻혀 내 울음소리가 감춰지지 않을까.

오늘은 유난히 내 마음이
어둠으로 덮인다.

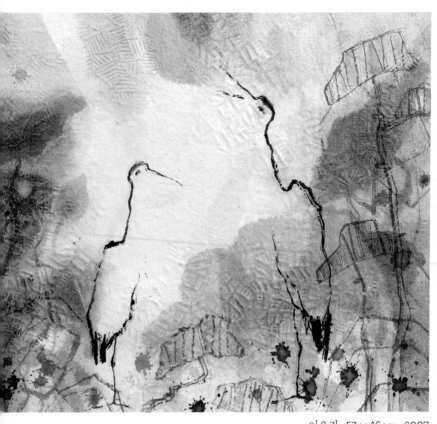

어울림, 53×46cm, 2007

아직도 바람 소리가 들리니?

# 어울림

나는 학이 되어 또 다른 한 마리의 학과 함께 노래한다.
서로의 음률을 느껴가며 노래한다.
소나무들도 춤을 추며 함께 노래한다.

통하면 외롭지 않으리.
함께하면 넓고 큰 세상에서도 외롭지 않으리라.

나는 진짜 학이 되어 소나무 그늘로 날아가고 싶다.

침묵의 소리, 53×46cm, 2008

## 침묵의 소리

꽃이 필 때도 소리가 날까?
특히나 아름다운 꽃이 필 때는 어떤 소리가 날까?

쓰개치마 속에 감추어진 아가씨의 수줍은 얼굴처럼
갓 피어나는 꽃도 소리를 내지 않으려고
이를 악무는 것은 아닐까?
그렇게 믿고 싶다.
그래서 이 세상에 있는 꽃들은 숨죽여 피고 있다고.
자신의 화려함을 금방 들키지 않으려고.

나의 무음(無音)도
나에게 겸손을 가르치기 위한
하느님의 자비인 걸까?

자연의 외침, 117×91cm, 2009

# 자연의 외침

세상 최고의 지혜는 자연과 공존하며 살아가는 것이
리라.
자주 산으로 오르다 보니
인간의 어리석은 탐욕으로
생태계의 파괴를 직접 보게 된다.

값을 매길 수 없는 자연이, 산이 팔려나가는 걸
알리고 싶어 첩첩산중에 바코드를 그려 넣었다.

들을 귀가 있는 사람들에게
자연의 신음이 들리기를 기도하며.

2
_____

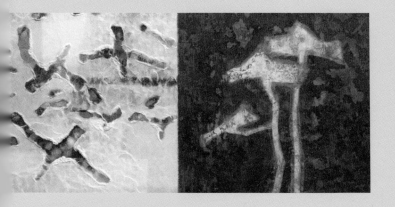

사진: 책공장 더불어 제공

아직도 바람 소리가 들리니?

# 소라

소라는 길가에 버려진 유기견이었다.
소라에게도 가족이 있었는데 어느 날,
소라만 덩그러니 남겨 놓고 가족이 사라졌다고 한다.
소라는 여기저기 떠돌다가 한국동물구조관리협회
에서 보호를 받게 됐다.

삼성안내견 학교에서 소라의 온화한 성격과 영특함
을 알아보고
도우미견 테스트를 했다고 한다.
그 테스트를 무난히 통과한 소라는 버림받은 유기견에
서 장애인에게 도움을 주는 청각도우미견으로 새로
운 삶을 살게 되었다.

2007년 10월 초, 청각도우미견센터에 들어간 소라는
자명종 알람 소리, 초인종 소리, 노크 소리, 아기 울
음소리, 화재경보 소리, 휴대폰 벨 소리, 다른 사람

이 부르는 소리 등을 구분할 수 있는 훈련을 받았다.
뿐만 아니라 여러 가지 소리 중에서도 반응을 해야
하는 것과
반응을 하면 안 되는 것 등 여러 가지 상황에 대한
고난도의 훈련을 받고 있었다.

그 무렵 나는 정신적 침체 속에서
창작의 끈을 놓지 않기 위해 갖은 애를 쓰고 있었다.

머지않아 우리가 만날 인연이 있다는 미래를 모른
채 제각기 그렇게 살고 있었다.

# 운명

2009년 2월 2일에 삼성안내견학교에서 소라와의 첫
만남이 이루어졌다.
소라를 보는 순간 참 따듯한 느낌을 받았다.

나는 삼성안내견학교에서 1주일 동안 소라와 함께
적응훈련을 받았다.
소라는 낮에는 몇 시간씩 나와 떨어져서 훈련을
받고
저녁이면 나와 함께 먹고 잤다.

그렇게 1주일을 보내고 소라는 우리와 함께 부산으로 왔
다.
이제 본격적으로 소라와의 적응기로 들어갔다.
삼성안내견학교에서 파견된 훈련사가 내 집과 직장
을 오가며 소라와 나의 적응을 도와주었다.

일정한 기간이 지나자 훈련사도 떠나고
드디어 소라와 나만 남게 되었다.

물론 나에게도 가족이 있고
많은 부분을 가족과 함께하지만

나에게는 나의 가족일지라도 다 이해해줄 수 없는,
소리의 파동이 없는 적막함의 일상이 있다.

그런데 나에게 소리의 문이 되어 줄 나의 분신이 생
긴 것이다.
소라와 함께 할 일상에 대한 기대감으로
나의 심장은 마구 요동을 쳤다.

변주곡— 산하, 160×130cm, 2009

아직도 바람 소리가 들리니?

변주곡 ~ 산하

소라와 만나서 서로에게 적응하는 기간을 보내고 있
는데도
내 안에는 아직도 이름 모를 분노가 가득함을 발견
한다.

모든 존재가 고통으로 와 닿는다.
해의 비명, 산의 신음, 앉아 있는 사람들의 탄식 소
리…….
이들의 고통 소리가 하나로 회오리치며
내게 들리는 듯하다.
그런데
이 고통의 끝에 내가 생각하는 한 단어는
'공존'이다.
나도 이들과 하나가 되고 싶은 게다.

아직도 바람 소리가 들리니?

# 길들여지는 우리

소라의 삶도 참 굴곡지다는 생각을 했다.
유기견으로 동물보호협회에서 조금 안정이 되어가
는데 다시금
삼성안내견학교로 거처를 옮기게 되었고
그곳에서도 적응이 되었다 싶으니까 또다시
청각장애인 주인을 찾아 떠나게 된 것이다.

훈련을 많이 받은 소라이지만 처음에는
내가 손길을 뻗어도 관심을 주지 않았다.
시간이 더 필요한 것 같았다.
따뜻한 관심과 사랑으로 소라의 마음이 열릴 수 있
도록 노력해야겠다고 생각했다.

편안한 느낌이 부족한 나의 무뚝뚝함이
소라를 힘들게 하는 건 아닐까 하는 생각이 들어 미
안하고 안쓰러웠다.

앉아, 엎드려, 기다려, 먹어, 잘했어, 이리와, 안
돼….
청각도우미견센터 훈련 담당자가 자주 불렀던 그 말
과 그 목소리에 익숙해진 소라가
청각장애로 인해 발성이 잘 안 되고 부자연스러울
수밖에 없는
둔탁한 나의 목소리에 적응하는 데는 짧지 않은 시
간이 필요했다.

그럼에도 우리는 그렇게 서로에게 길들어갔다.

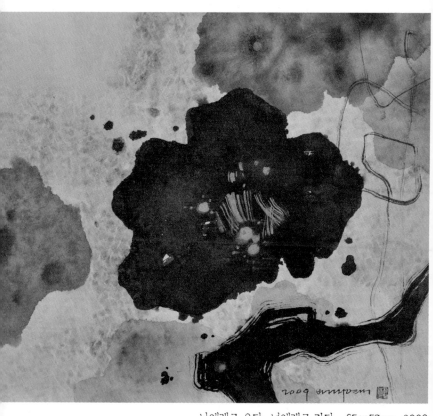

나에게로 온다. 너에게로 간다.  65×53cm, 2009

# 나에게로 온다. 너에게로 간다.


소라의 마음이 아직도 나에게서 멀리 있다는 것을
느낀다.


내가 간절한 눈빛으로 소라를 향해 손짓을 해도
소라는 한쪽 구석에 웅크리고 앉아 있기가 일쑤고
어쩌다가 내가 주는 간식을 받아먹고는
다시 제자리로 돌아가 웅크리고 있다.


언제쯤이면 소라와 내가 하나가 될 수 있을까.


꽃이 나뭇가지에 다가가 하나가 되는 것처럼
언젠가 나도 소라도
서로의 나뭇가지가 되고 꽃이 되리라.

아직도 바람 소리가 들리니?

# 문을 열기 시작한 소라와 나

삼성안내견학교에서 1차 적응기를 마친 소라는
부산으로 와서 다시 1주일 정도 2차 적응기를 지
냈다.
이때는 삼성안내견학교에서 파견된 훈련사의 도움
을 받았다.
하지만 소라는 좀처럼 나를 향해 마음을 열지 않았다.
초조하지만 기다릴 수밖에는 없었다.
그런데 어느 날부턴가
소라가 내게 가까이 오려고 노력하는 모습을 보이기
시작한 것이다.

몸을 똑바로 세워 나에게 악수라도 청하듯 한 손을
내밀기도 하고
바닥에 자신의 몸을 뒹굴어 보이며 나의 시선을 끌
기도 하고
누운 자세로 고개만 젖혀서 그 큰 눈을 반짝이며 나
를 바라보기도 했다.

드디어 소라와 나의 몸짓 소통이 시작되었다.
누구와도 완전한 소통이 어려운 내 마음이
소라를 통해 세상으로 조금씩
소리를 내보이기 시작한 것이다.

둥지를 떠난 새, 53×46cm, 2009

## 둥지를 떠난 새

하늘을 나는 새가 급격하게 추락하는 모습을 보았다.

환경 파괴로 인해 죽어가는 모든 생명의 경고 메시
지를 담고 싶었다.
물질적 가치의 경중에 따라 풀 한 포기, 나무 한 포
기를 보는 순간
우리는 돈으로 환산할 수 없는 많은 것을 잃게 될 것
이다.

내가 초등학교 2, 3학년 쯤 되었을 때
학교에 갔다가 돌아오면 항상 달려가 매달려서 놀던
집 앞의 큰 나무를 사람들이 베는 모습을 보면서 느
꼈던
그 절망감과 허무를
나의 손자와 손녀는 절대 겪지 않기를 소원한다.

아직도 바람 소리가 들리니?

## 소라와의 첫 산책길

소라와 함께 한 지 얼마 되지 않은 2월 말.
소라와 함께 산책을 했다.
때마침 눈이 오는 날이었다.
눈 구경하기가 쉽지 않은 부산 촌놈이라
반가운 마음으로 눈을 맞으며 걷다 보니
눈에 젖은 소라의 발이 눈에 들어왔다.

순간 아무 소리 없이 따라오던 소라의 발이
얼마나 시리고 추웠을까 하는 생각이 들었다.
나는 얼른 소라를 보듬어 안았다.
소라를 안고 눈 위를 걸으며
춥다는 말을 할 수 없는 소라와 내가
같은 슬픔이 있다는 게 느껴졌다.

산책길에서 돌아와서도 추위에 떠는 소라에게 옷을
입히고
따뜻한 전기장판에서 쉬게 해주었다.
고생 많았다. 소라야.
미안하다. 소라야.

현대인의 일탈, 53×46cm, 2009

# 현대인의 일탈

매일 똑같은 일상을 살아가는 사람들.
하지만 그들의 내면은
늘 불안과 적막과 고독 속에서
일탈을 꿈꾸리라. 내가 그런 것처럼.

모든 것이 경제적 개념으로 계산되는 세상을
바코드와
사람들의 욕심으로 뭉쳐진
크고 웅장한 건물들을 그림자처럼 표현해 보았다.

도시의 모든 것을 뒤로하고 또는 그것들을 변화시키
고 싶은
일탈의 마음들을 모아
굵고 강한 붓의 터치로 표현해 보았다.

## 봄 마중 나간 소라

소라가 나와 함께한 이후 처음 맞이하는 봄이다.
소라에게 봄 내음을 맡게 해주고 싶어서
집 근처 공원으로 산책하러 나갔다.

소라는 바깥에 나가는 걸 너무나 좋아한다.
특히 내 차 조수석에 앉아서 차창 너머 풍경을 보는
것을 아주 좋아한다.

오늘은 차를 타고 나가지는 않지만
햇볕이 따사로운 공원길을 걷다가 벤치에서 쉬었다.
우리가 걸어온 햇살보다 더 따사로운 햇살이
저만치에서 우리를 기다리고 있었다.

그동안 암울했던 내 일상에도
버려지고, 힘든 훈련을 이겨내고 이제

새로운 주인을 만나 안정기에 들어가는 소라에게도
고운 햇살만이 기다리고 있기를 기도하며
한 걸음씩 더 내딛어보리라 결심한다.

# 움직이는 알리미 소라

소라는 아침마다 알람 소리를 듣고는 잽싸게
내 가슴 위로 올라온다.
나를 깨우기 위해서이다.

아주 편안하게 깊은 잠을 잔 나는
매일 아침 소라의 작은 발의 움직임을 느끼며
달콤하게 잠에서 깨어난다.

나를 위해 수고하는 소라에게는 좀 번잡한 소리가
될지라도
밤마다 나는 소라의 머리맡에 두 개의 알람시계를
가져다 둔다.
혹시라도 하나가 고장이 나서
알람이 되지 않으면 낭패이기 때문이다.

집에 아무도 없이 나 혼자 잠을 잘 때에는

혹시라도 늦잠을 잘까 봐 걱정이 되어
자다가 여러 번 깨서 눈으로 시간을 확인하곤 했다.

이제는 그동안의 번거로움과 수고들을
소라가 다 보상을 해주고 있다.
소라의 맑고 따뜻한 눈망울과 경쾌한 몸놀림으로.

소라는 하느님이 내게 주신
생애 최고의 선물이다.

바쁜 일상의 시작- 출근길, 65×53cm, 2009

아직도 바람 소리가 들리니?

# 바쁜 일상의 시작~ 출근길

아침 6시 30분이면 소라는 알람 소리를 듣고 달려와
내 가슴 위에 올라서서 두 발로 나를 흔들어 깨운다.

소라의 작은 발놀림이 행복한 아침을 열어준다.
그리고
바쁘고 분주하게 움직이는 사람들 속으로,
목이 긴 사람, 다리가 짧은 사람, 홀쭉한 사람, 뚱뚱
한 사람들과 함께
나의 약점을 고스란히 안은 채
번잡한 도시를 넘어
하얀 희망과 꿈이 아름답게 빛나는 새로운 세계로
나아가게 해 준다.

## 소라와 함께 하는 일상 하나

나는 매일 밤 8시나 9시 사이에 집으로 돌아온다.
온종일 미술실에서 내 옆을 지키던 소라도
그 시간이 되어서야 나랑 함께 퇴근을 한다.

집에 도착하면 나는 습관적으로 세수부터 하는데
소라는 언제나 아내의 침실로 들어간다.

집에서의 일상을 마무리하고
내 방으로 들어가면서 나는
아내의 침대에서 고이 쉬고 있는 소라를 부른다.
그러면 소라도 여느 때와는 다르게
느릿하고 게으른 몸짓으로
내 방으로 들어온다.

도우미견의 특성상, 아니 주어진 임무를 잘 수행하
기 위해서는

절대 나와 같은 침대를 쓰지 않는 소라는
누워서 물끄러미 나를 바라본다.

그런 소라를 보면서 나는 소라가 무슨 생각을 하는
지 궁금해진다.
소라가 좋아하는 산책을 하지 못하고 하루를 마감하
는 것을 아쉬워하고 있는지 종일 그림에 매달려 있
는 나를 보며 연민을 느끼는지.

소라의 그 큰 두 눈을 보며
나도 이런저런 생각에 마음이 복잡해지기도 하고
어떤 때는 이유 없는 행복이 밀려오기도 한다.

침묵의 새, 65×53cm, 2009

아직도 바람 소리가 들리니?

# 침묵의 새

드디어 나의 침묵은 새가 되었다.

바다를 항해하는 배 주위에서
더 이상은 이 오염된 바다에서 살 수 없다고
울부짖는 갈매기가 되었다.

끼룩끼룩
갈매기가 아무리 소리쳐도
사람들은 알아듣지 못한 채
자신들의 항로로 유유히 흘러가고 있다.
갈매기는 가슴에 분노와 괴로움을 가득 담아
무겁고 무뎌진 날갯짓으로
원을 그리며 배 주위를 맴돌고 있다.

# 경주월드로 나들이 간 소라

내가 안내견 전용 옷을 꺼내자
소라는 꼬리를 힘 있게 흔들며
경쾌한 발걸음으로 내게 다가왔다.
내가 말하지 않아도
소라가 먼저 우리의 나들이를 알아차렸다.
상황을 잘 읽어내는 소라가 참 대단하다.

그림 작업 때문에 나들이를 자주 하지 못한 것이 미
안해
모처럼 시간을 내서 소라와 함께
경주월드에 갔다.

우리는 가장 먼저 서라벌 관람차를 탔다.
소라는 지난 시간을 회상하기라도 하는 듯
초연한 모습으로 바깥을 바라보고 있었다.

도우미견 훈련 시절을 생각하고 있을까?
내 작업실에서 우두커니 나를 기다리는 자신의 모습을
떠올려보고 있을까?


소라의 생각들이 궁금해진다.


소라야, 좋은 것만 기억하고
좋은 일들만 생각하기를 바란다.

새의 울음소리, 65×53cm, 2011

# 새의 울음소리

소라와 함께 통도환타지아에서
움직이는 전망대인 관람차를 타면서
그림에 대해 영감을 얻었다.

소라와 나는 하늘 높이 떠서 새가 된 듯 행복감을 느
끼지만 문득 이 관람차로 인해 터전을 잃어버린 동
물들에 대한 미안한 마음이 밀려왔다.

행복과 불우함, 환희와 어둠은 항상 공존한다는 걸
깨닫는 순간이다.

관람차가 원의 가장 높은 곳을 향해 올라갈 때 내뿜
는 둔탁한 쇳덩어리 소리에
우리는 진짜 새의 울음소리를 잃어버리는 건 아닌지.
가슴 한쪽이 싸해졌다.

아직도 바람 소리가 들리니?

## 소라와 함께 하는 일상 둘

똑!

한번 두드리는 소리에 소라의 두 귀가 쫑긋 세워진다.

똑똑!

소라는 벌떡 일어나 다리가 안 보일 정도로 쌩하니 문으로 달려간다.

사람이 있는지 확인하고는 다시 내게로 와서는 다리를 두드린다.

'누가 왔어요.'라고 하듯

내 다리를 가볍게 치며 혀를 내밀고 헉헉거린다.

그러면 나는 소라와 함께 문으로 가서 손님을 맞아들인다.

학교에서 소라가 나를 위해 하는 첫 번째의 중요한 역할이다.


집에서도 초인종이 울릴 때마다 슈퍼맨처럼 나에게로 달려온다.

소리를 잃은 나는 언제나 세상과 고립되어 있다고
여겼는데
소라가 있어 세상과 나를 연결해주는 듯하다.
소라의 그 역할은 단순히 도움을 넘어
나를 따뜻한 행복을 가진 사람으로 만든다.
이전에는 절대로 느끼지 못했던 감정이다.


아내가 저녁 식사 준비를 다하고 나면
아내는 언제나 소라를 불러서
"아빠 데려와."라고 심부름을 시킨다.

소라 덕분에 아내와 나의 공간도 훨씬 가까워졌다.


아내가 나에게 급하게 연락할 일이 있어도
내가 문자를 보지 않으면 도저히 연락이 닿지 않아
동동거린 적이 여러 번 있었다.
그 불편함을 넘어설 수 있도록 문자 알림 소리를 대
신 들어주고 있는 소라는 우리 부부의 사랑스러운
연락병이며
소라와 함께 하는 일상은
우리 가족 모두에게 오색 무지개 선물 상자이다.

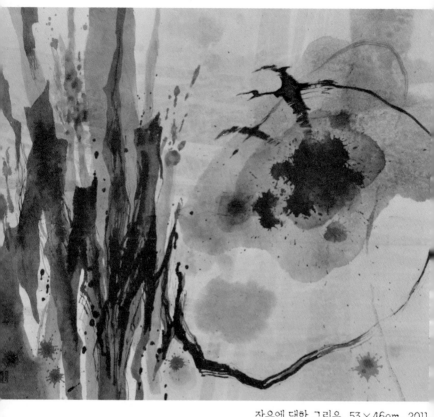

자유에 대한 그리움, 53×46cm, 2011

아직도 바람 소리가 들리니?

# 자유에 대한 그리움

새장에 있는 새들을 보면서
자유에 대한 그리움을 표현했다.

자신이 갇힌 공간 너머에는
가짜 나뭇가지가 아닌 들숨 날숨이 있는
진짜 나무들이 숨 쉬고 있다.

새장에 갇힌 새라도
매일 밤 자신의 날갯짓으로
자신의 집 창살을 뚫다 보면
그 작은 몸이 빠져나갈
자유의 구멍이 생기리라.

내 안에 갇힌 나의 어둠들이
그 작은 구멍으로 함께 빠져나가기를
소원해 본다.

# 그림을 감상하는 소라

학생들의 하교 이후에 특별한 회의가 없으면
나는 내 일에 몰두하기 시작한다.
한참 작업에 몰두해 있다가 잠시 한숨을 돌리느라
허리를 펴다
소라의 시선과 마주쳤다.
오늘은 내가 작업을 하는 내내 소라는 다른 곳으로
눈 한 번 돌리지 않고
나를 바라보며 앉아 있었던 것이다.

미용실에 가서 이발을 한 소라의 모습이
너무나 단아하고 사랑스러워서
소라를 안아 올려 그림 앞에 앉혀 본다.

소라는 오랜만에 그림 감상이라도 하듯
그림에 시선을 고정시켰다.

그림에 심취해 있는 소라의 모습을 그냥 넘길 수가
없어서 한 컷 잡아보았다.
언제나 변함없이 나와 함께 세월을 이기는 소라에게
고마움을 간직하며.

아직도 바람 소리가 들리니?

# 낮잠을 즐기는 소라

방학이 되어 학생들의 발걸음이 줄어들면
작업실 안에 냉기가 조금 심해진다.
히터에서 나오는 그 탁한 공기를 싫어하는 내 성향
때문이기도 하다.

추위에 약한 소라를 위해서는 전기난로를 피워둔다.
전기난로의 따뜻한 열기 때문인지 소라는 낮잠을 잘
잔다.
내 작업 소리에 익숙해진 소라는 시끄러운 소리에도
아랑곳하지 않고 잠을 잔다.
처음에는 작업하는 소리 때문에 자다 깨기를 반복했는
데 요즘은 매일 같은 소리를 들으면서 적응이 됐는
지 밖에서 시끄러운 소리가 들려오기도 하는데
소라는 그래도 단잠을 잔다.
반려견들이 음악을 좋아한다는 글을 어디선가 읽었
지만

내가 음악을 고를 수도 들을 수도 없으니
소라는 내 한지 작업 소리를 음악 소리처럼 듣고 잠
을 자는 듯하다.

아내는 소라가 코를 골며 자기도 한단다.
소라의 코 고는 소리가 어떠한지
아니 사람들의 코 고는 소리 자체가 어떠한지 몹시
궁금하다.

자고 있는 소라를 가만히 바라보고 있으면
몸부림을 하는 소라를 발견한다.
천정을 향해 벌렁 누워서 자다가 옆으로 눕기도 하고
자다가 싱긋이 미소를 짓기도 한다.

꿈속에서 소라는 주인을 따라다니는 청각도우미견
이 아니라
자유로운 견공으로
자신의 짝을 만나
넓은 들판을 뛰노는 꿈을 꾸고 있었으면
참 좋겠다는 생각을 해 본다.

학의 주검, 65×53cm, 2011

아직도 바람 소리가 들리니?

# 학의 주검

버스를 타고 지리산으로 가는 중에
논에 있는 학들을 발견했다.
몇 마리의 학들은 논바닥을 부리로 쪼고 있었다.
그런데 그 학들에게서 조금 떨어진 논두렁에 한 마리의
학이 쓰러져 있는 것을 보았다.

오염된 먹이를 먹고 잘못된 것일까?
논바닥에 뿌려진 농약을 잘못 먹은 것일까?

동료의 주검을 옆에 두고
그래도 주린 배를 채워야만 하는 저 학들의 울음소
리는 어떤 소리일까!

듣고 싶다.

# 웃음 바이러스 소라

작업을 마치고 밤늦게 집으로 돌아왔다.
나도 몹시 지쳐서 거실에 좀 앉았다가 방으로 들어
갔더니
소라가 내 방 소파 위에 먼저 자리를 차지하고
벌러덩 누워 잠이 들어있었다.

소라는 내가 허락을 할 때만
소파 위로 올라간다.
근데 내 방에 나보다 먼저 들어가면
자신이 주인인 양 소파 위로 올라가 자리를 차지하
고 있다.
어떤 때는 내가 앉기 위해
내려오라고 하며 서로 자리다툼을 하기도 하는데
오늘은 아예 자리를 차지하고 벌써 잠이 들어있는
소라의 모습을 보니 웃음이 저절로 터져 나왔다.

눈으로 보는 것 외에는

너무나도 깊고 깊은 적막과 고요 속에서

정신적 황폐함의 늪으로 빠져들지 않기 위해

나 자신을 붙들고 사느라 매 순간이 아직도 힘에 버

거운 나에게

소라가 웃음을 선물한다.

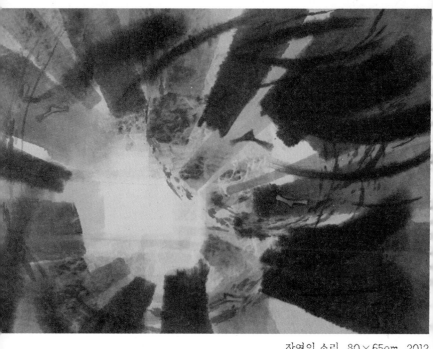

자연의 소리, 80×65cm, 2012

아직도 바람 소리가 들리니?

# 자연의 소리

우후죽순 들어선 고층 아파트의
그림자만 보아도 가슴이 답답하다.


내가 어릴 적의 부산은
높은 건물은 없어도
여기저기 숲이 우거진 동산이 있고
냇물이 흐르고 그곳에는 물고기가 뛰어올랐다.


하늘을 향해 치솟은 아파트 숲 사이로
진짜 숲은 사라졌지만
끊임없이 소리치는 자연의 소리가 있다.


사람들이 마지막에 돌아갈 곳은
결국 자연이라고.

## 놀러 가자고 보채는 소라

휴일, 학교 미술실에서 한창 작업에 몰두하고 있는
데 소라가 벌떡 서서 나에게로 다가와 팔을 뻗었다.

의자에 앉고 싶어서 그러는 줄 알고
안아서 의자에 올려줬는데
의자 위에서도 꼿꼿하게 서서 두 팔을 뻗고 있었다.

웬만한 동작은 나와 서로 소통이 되지만
새로운 동작으로 나에게 다가오는 소라를 보며
하고 싶은 말이 무엇일까 생각을 하다가
모자를 가져오자 소라가 신난다고 꼬리를 크게 흔들
었다.
아하! 소라는 바깥에 나가고 싶었던 것이다.

우리는 미술실을 벗어나 운동장을 한 바퀴 돈 다음,
학교 주변에 있는 아파트로 가서 산책을 했다.

소라가 다른 강아지들을 만나
서로 체취라도 맡으며
동족의 동질감을 느끼게 해주기 위해서이다.
소라의 외로움은 그렇게라도 좀 덜해지는 듯했다.

그런 소라를 보고 있으면
왠지 나의 깊은 외로움도 함께 달래지는 듯했다.

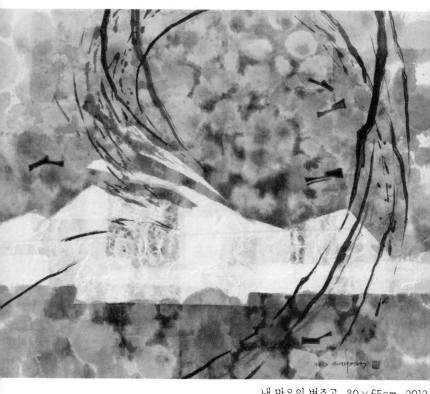

내 마음의 변주곡, 80×65cm, 2012

아직도 바람 소리가 들리니?

# 내 마음의 변주곡

내 마음에는 언제나 변함없이
개발 때문에 죽어가는 생명들과
착취당하는 산의 비명이 들린다.

나는 늘 그것을 표현하고 싶다.

그런데
그림을 그려놓고 보니 어느덧
내가 그려놓은 산의 색깔이 바뀌어 있다.

어둠 속에서 쥐어짜는 듯한 나의 색깔들이 어둠을
노래하지만,
희망이 있는 새벽의 어둠이 되어 있다.

소라와 함께한 시간이
나의 색깔을 변화시키고 있었던 것이다.

# 시의회 회의실에 간 소라

소라는 시의회 조례 심의 회의에 참고 견 자격으로
참석했다.
시립 박물관·미술관에 동물 동반 입장 금지로 되어 있
는 조례안 수정에 관한 건이 있기 때문이다.

일반 사람들은 도우미견이
카메라 플래시가 연신 터져도 짖거나 흥분하지 않고
본연의 임무를 잘 수행할 수 있는지 궁금해 했다.

함께 참석한 시각장애도우미견들과 소라는
그 긴 회의 시간 동안에
아무리 목이 말라도, 아무리 소변이 마려워도
카메라 플래시가 불꽃처럼 터져도
오로지 주인 옆에 다소곳이 앉아 있었다.

새로 쓰는 역사의 한 장에
소라와 내가 함께한 의미 있는 시간이었다.


2011년 6월 23일 이후부터는
정부가 발급한 장애인 보조견 표지증을 소지하고
소라와 함께 시립 미술관에 갈 수 있게 되었다.


미술관 관람이 허용된 소라는
이제부터 그림에 대한 안목이 더 높아지리라.

비상하는 학, 65×53cm, 2012

아직도 바람 소리가 들리니?

# 비상하는 학

학은 날갯짓으로 행복을 노래한다.
단아한 몸짓으로 서로 교감을 나누는
두 마리의 학은 온 세상을 밝음으로 변화시킨다.


내가 세상과 소통할 수 있도록 소라가 통로가 되어
주듯이
그래서 내가 새 희망을 품듯이


두 마리의 학은
서로에게 희망이 되어
여행을 떠날 준비를 끝내고
마침내 비상한다.

아직도 바람 소리가 들리니?

# 총알 탄 사나이 볼트보다 빠른 소라


소라는 한 번도 배변 실수를 한 적이 없다.
아무리 오랜 시간 동안 차를 타고 가도
차가 멈춰 설 때까지 참고 기다린다.
도우미견 학교에서 오랫동안 훈련을 통해 익힌 습관
이다.


작업실이나 방에 있다가
소라가 출입문 쪽으로 가서 나를 바라보며
나와 눈이 마주치기를 애타게 바라고 있는 모습이 발견되
면
나도 서둘러 출입문을 열어준다.
그러면 소라는
케냐의 우사인 볼트보다 빠르게
화장실을 향해 달려간다.


그 모습이 안쓰럽기도 하고 우습기도 하다.

질주, 65×53cm, 2012

아직도 바람 소리가 들리니?

# 질주

소라가 달리는 모습에서 영감을 얻어
역동적인 작품을 만들어 보았다.

내가 하는 그림은 그린다는 개념보다
하나의 작업이다.

한지를 여러 번 겹쳐서 시각을 촉감으로 나타내는
것이다.
당연히 한지 위에 내가 사용하는 채색 도구는 먹이다.

먹의 뭉침과 번짐을 이용하여 속도감을 표현하고자
했다.
내 마음의 응어리들이 속도감 있게 해소되고 있기라
도 하듯
나는 마냥 달려보고 싶었다.

# 수행승을 닮은 소라

이른 아침부터 소라가 차렷 자세로 반듯이 서 있다.
명상을 하고 있는지
자신의 묘기를 뽐내고 있는지 알 길이 없지만
나는 소라를 방해하고 싶지 않아서
소라를 부르지 않고 한참 동안
가만히 지켜보고만 있다.

마치 사람이 오늘 할 일을
머릿속으로 정리하듯,
어제 어떤 사람의 잘못에 대해
용서해주리라 마음을 다잡고 있는 듯.

두 발로 서 있는 소라의 모습이
너무나 엄중하여
마치 수행승을 보는 듯하다.

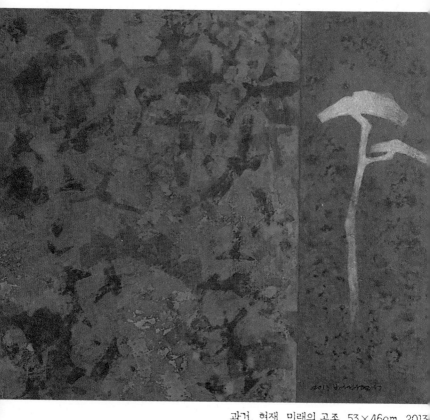

과거, 현재, 미래의 공존, 53×46cm, 2013

아직도 바람 소리가 들리니?

# 과거, 현재, 미래의 공존

무용총의 벽화를 보는 순간
나는 벽화 속의 것들이 현재에서
살아 움직이고 있다고 느꼈다.

고대부터 큰 나무 아래서 제사를 지냈던 것처럼
현대의 것들도, 미래의 것들도
미생물에서 거대한 공룡에 이르기까지
그중에서도 가장 크고 위대한 생명을 지닌 인간들에
이르기까지
모두들 한마음으로
신령한 힘을 지녔다고 하는 저 흰소나무 아래서
우리의 염원을 빌어보기를 소망해본다.

# 팔레트를 밥그릇으로 착각한 소라

지금까지 나와 함께 지내면서
밥그릇이나 먹거리를 보고 군침 한 번 흘린 적 없던
스스로 엄격하고 깔끔한 소라가
미술실에서 수업을 한 후 둥근 팔레트를 쌓아놓은
걸 보고
먹을 게 담겨 있나 해서
발뒤꿈치를 들어서 올려다보고 있다.

그 모습이 귀엽기도 하고 당황스럽기도 한 나는
얼른 카메라를 들이댔다.

도우미견으로 잘 훈련된 소라는
식습관도 아주 엄격하다.

평생을 청각장애인으로 살면서
다른 사람들이 아무리 재잘대며 수다를 떨어도

그 말들에 대해 군침을 흘리지 않던 내가
가끔은 사람들의 이야기가 궁금해지는 것처럼
소라도 가끔은 밥그릇 안에 어떤 것이
담겨 있는지 궁금한가 보다.

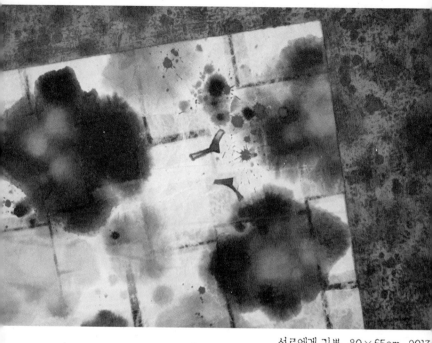

서로에게 기쁨, 80×65cm, 2013

# 서로에게 기쁨

가끔 내가 소라의 밥 시간을 놓칠 때가 있다.
그런 경우는 드물긴 하지만
배가 고픈 소라는 밥그릇이 있는 곳에 가서
밥이 있는지를 확인하곤 한다.

소라는 배가 고프겠지만
그런 소라의 모습을 보면 정말 사랑스럽게 느껴진다.
마치 벌이 꿀을 찾아 꽃잎으로 날아드는 듯한
느낌을 받는다.

벌이 꿀을 찾는 순간
벌에게 꽃은 온 우주가 되어 있을 것이다.

벌이 꽃을 찾아오는 순간
꽃도 그제야 완전한 꽃이 될 것이다.

아직도 바람 소리가 들리니?

# 게으름뱅이 소라

소라는 별일이 없으면 꼭 잠을 잔다.
아무 데서나 편안하게, 또는 평온하게 잠을 잔다.
그래도 햇볕이 들어오는 곳을 찾아가 잠을 잔다.

소라처럼 나도 게으름뱅이이다.
산 좋고 물 좋은 곳이면 당장 해야 하는 급한 일이
있어도
내팽개치고 길을 떠난다.
'구상'이라는 이름으로 내 게으름을 포장한다.

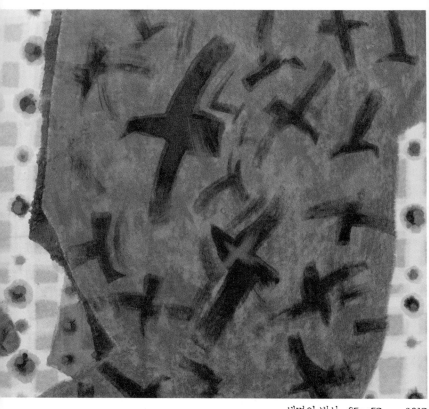

생명의 비상, 65×53cm, 2013

# 생명의 비상

어느 순간부터
삶이 아름답게 느껴진다.

아이와 엄마가 토닥거리며 함께 걸어가는 모습이
시장 바닥에서 배추를 파는 머리 희끗희끗한 아주머
니의 모습이
힘겹게 손수레를 끌고 팔차선의 행단보도를 건너고 있
는 허리 굽은 아저씨의 모습이.

이들은 모두 그 순간을 열심히 살아내고 있기에
무한정 아름답게 느껴진다.

붉은색과 청록색을 사용하여
약동하는 생명력을 표현하고 싶었다.

## 일상을 넘어서

일상을 벗어나기 위해
소라와 나는 경주 남산을 자주 찾는다.

둘이서 마치 연인이라도 되는 듯
다정하게 남산을 오른다.

남산을 오르내리며 숲이 주는 달콤한 향기를 맘껏
들이마신다.
하느님이 나의 목소리와 귀를 가져간 대신 더 예민하
게 만들어 주신 후각과 미각과 시각에 감사를 하며.

산 정상에서 아래를 바라보는 소라는
무슨 생각을 하고 있을까?
나처럼 감사에 감사를 거듭하고 있을까?
지금은 기억도 흐릿해졌을 옛 주인을 그리워하고 있
을까?

자연의 음률, 160×130cm, 2013

아직도 바람 소리가 들리니?

# 자연의 음률

경주 남산에 올라가 산 아래를 내려다보며
눈앞에 펼쳐진 아름다운 자연풍경을 표현하고 싶었다.


나는 항상 자연에서 들려오는 소리들이 궁금하다.
바람 소리, 파도 소리, 낙엽이 밟히는 소리


어느 집 소녀가 치는 피아노 건반의 울림에 맞춰
꽃들이, 나무들이 숨고르기를 하는 소리까지도.


한 번도 소리를 들은 적 없는 나는
언제나 소리들을 내 나름의 활자체로 해석해 본다.


나는 아직도 그 소리들에 대한
미련이 남아 있다.

## 소라의 친구

소라에게는 친구가 없다.
특히나 다른 사람들과의 유대도 거의 없다.
온종일 나와 함께, 그림자처럼 미술실에 있다가
집으로 돌아가서 가끔 가족들과 유대를 가진다.

옆방에서 실물 크기의 강아지 모형을 보는 순간,
소라한테 친구를 만들어줘야겠다는 생각이 들어
강아지 모형을 소라 옆으로 옮겨다 놓았다.
소라는 강아지 모형에 다가가서 냄새도 맡아보고
입도 맞춰보고 하다가
숨소리도 살 냄새도 없는 걸 알고는
두 번 다시 쳐다보지도 않았다.

소라도 나처럼 생명을 가진 어떤 것을 갈망하고 있
나 보다.

# 봄꽃 내음에 푹 빠진 소라

햇살이 좋은 오월의 어느 날
역사에 관심이 많은 나는 소라와 함께
정관박물관으로 나들이를 갔다.

내 차에서 내린 소라는
박물관이 아닌 꽃 무더기 쪽으로 달려갔다.

소라의 눈에 저 예쁜 꽃들이 어떤 모양으로 보일까.
보기만 해도 깊은숨을 들이마시고 싶은
저 푸른 빛깔과 어우러진 흰 꽃잎이
제대로 보이기나 할까 하는 궁금증이 솟아났지만
소라가 맡는 꽃 향의 밀도는 내가 맡는 꽃 향과는 비
교가 되지 않을 것이라 생각한다.

꽃 무더기 속에 코를 갖다 대는 소라의 모습에서
내 눈을 뗄 수가 없었다.

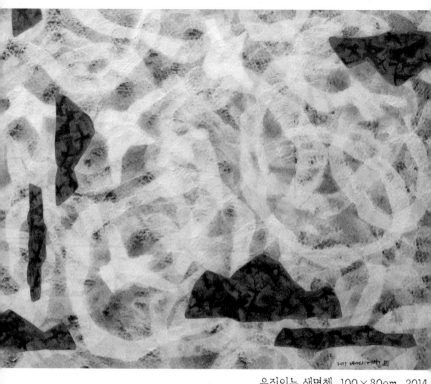

움직이는 생명체, 100×80cm, 2014

아직도 바람 소리가 들리니?

# 움직이는 생명체

자연의 생명은 언제나 유동적이라고 생각한다.
심지어 인간의 내면에 있는 감정들도 언제나 변화하
며 살아서 움직인다.

그래서 생명은 아름답다.

보이는 것만 보지 아니하고
우리가 눈으로 보지 못하는 아름다움들을 헤아려 볼
수만 있다면

내가 가진 장애가
더는 내 발목을 잡지 않으리라 생각한다.

산이 떠다니고 거꾸로 있어도 떨어지지 않는 것처럼
나도 공중부양 되고 싶다.

# 우리 집 서열 3위 소라

내가 소파에 앉아 있으면 소라는 얌전하게 소파 밑
에 앉는다.
아내가 앉아 있으면 자신을 올려달라고 애원하듯 손
을 내민다.
그런데 소파에 아들이 앉아 있으면
소라는 마음대로 소파로 뛰어오른다.

소라의 마음에는 자신이 섬겨야 할 주인에 대한 서열
이 확실하게 정해져 있다.

소라는 우리 집에서 서열 3위이다.
아들을 제치고 자신이 3위 자리를 마음대로 차지한
것이다.

식구들이 다 외출을 하고
나도 방으로 들어갔다 나왔더니

넓은 소파를 혼자서 떡하니 차지하고 있던 소라가
나를 보자 당황하며 몸이 얼음처럼 굳어버렸다.
마치 들키면 안 되는 장면을 들킨 것처럼.

소라가 어떤 몸짓을 해도 소라는 늘 사랑스럽다.
갓 미용을 한 소라의 모습이라 더 예쁘다.

소라의 초롱초롱한 큰 눈망울을 보고 있으면
아무리 화가 나도 금방 무장해제 되어 버린다.

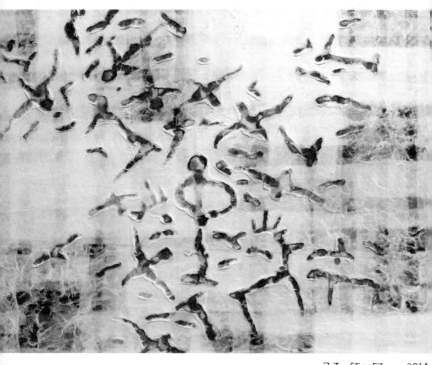

공존, 65×53cm, 2014

아직도 바람 소리가 들리니?

# 공존

소라가 우리 가족 안에서 가지는 서열 의식을
그림에 담았다.

사람들 주위에 강아지와 새들이 맴돌고 있지만
서열이 아닌 수평으로, 공존으로 십장생의 동물들을
하나씩 그려 넣어 보았다.

소라와 대화가 통한다면
나는 소라한테 말해 주고 싶다.
인간 세상에 난무하는 서열의식만으로도 충분하니
소라 너는 더 이상 서열의식 따위에 매이지 말라고!

# 등 긁는 소라

미술실에서 수업을 하느라 소라의 집을 철재 울타리
안에 가져다 놓았다.
집을 다시 옮겨주려고 소라에게 다가가니
소라가 등을 긁고 있다.

평소에도 소라가 자신의 집 언저리나 의자 다리에
등을 긁는 모습을 자주 본다.
그런 소라를 보며
자주 빗질을 해주기는 하지만
내 빗질이 소라의 마음에 드는지
내 마음이 전해지는지
순간순간 조급증이 나기도 한다.

사람들에게 내 감정을 전하는 일에 자주 실패를 경험
한 나의 트라우마이기도 하다.

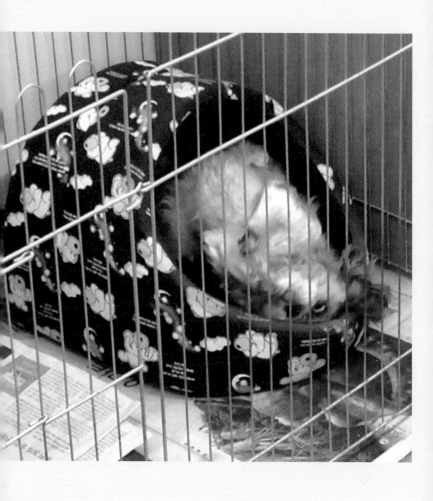

# 어머니와 소라

우리 부부가 함께 장기간 해외여행을 가면
나는 언제나 소라를 어머니 집에 맡긴다.

어머니도 소라를 좋아하시고
소라도 어머니를 무척 따른다.

외할아버지를 따라 일본으로 건너가 사신 어머니는
신문에 수필도 발표한 적이 있으며 책도 출간하
신 문학여성이다.
요즘도 월간일본문학과 한국문학을 즐겨 읽으신다.
책을 읽으실 때마다 어머니는 소라를 무릎에 앉혀두
신다.

잠을 잘 때도 소라가 이불 안으로 들어오는 걸 허락
하시는 어머니는 소라와 함께 주무신다.
어머니 방석까지 차지하며 어머니 집에서 온갖 호강

을 누리며 지내면서도

소라는 틈만 나면 어머니 집 현관 문 앞에 가 앉

아 있다고 한다.

애타게 나를 기다리면서.


어머니는 마음으로 날 기다리시고

소라는 몸으로 날 기다린다.

내게 없는 것, 65×53cm, 2014

# 내게 없는 것

소라의 초롱초롱한 눈은 사슴의 눈과 닮아있다.

소라와 산책하러 갔을 때
땅 위에서 두 발로 뛰는 새와 마주쳤다.
그 새에게로 다가가는데 그만 새가 날아가 버렸다.

소라는 그 큰 눈동자를 굴리며
참새가 날아가는 모습을 놀란 듯 바라보고 있었다.

그런 소라의 모습을 사슴으로 표현해 보았다.
네 발로 땅 위를 뛰어노는 사슴이지만
사슴은 언제나 자신이 가지지 못한
새의 날개를 부러워하고 있지는 않을까.
나처럼.

# 규칙에 강한 소라

집이나 작업실에서 소라는
내가 오라고 손짓하지 않는 한 절대로 문턱을 넘어
오지 않는다.
나를 쳐다보며 오라는 말이 나올 때까지 눈치를 보
며 기다린다.

소라는 산책하러 나가서 배변을 보고
실내에 있을 때는 화장실에 가서 볼일을 본다.
더구나 실내의 화장실도 소변을 보는 곳과 대변을
보는 곳을 구분하여 사용한다.
그런데
비가 많이 오는 장마철의 어느 날
소라는 체육관에서 실수를 하고 말았다.
그 충격에 며칠 동안이나 자신이 실수한 그곳을 피
해 다녔다.

소라도 나만큼이나 소심하고 내성적이다.
나는 그런 소라가 더 정답게 느껴진다.

# 잠꾸러기 소라

부산 가톨릭 주보에 그림을 낸 지 몇 년째 된다.
부산교구에 속한 예쁜 성당들을 찾아다니며
스케치를 하여 나의 그림을 만든다.

성당 건물만이 아니라
그 분위기에 어울리는 경치까지 찾아야 하므로
힘든 작업이긴 하지만
부산 가톨릭 주보에 내 그림이 나오면
나는 이미 내 수고의 보상을 다 받은 느낌이다.

내가 성당 사진을 찍으러 가면
대체로 소라도 같이 따라 가는데
어떤 때는 혼자 차에서 나를 기다리겠다고 한다.

송정성당 주변에서 열심히 경치를 보고 차에 돌아왔
더니

햇살조차 소라를 비켜주고 있었다.

소라가 깰까 봐 나도

한참을 운전석에서 숨죽여 가만히 기다리고 있었다.

송정성당, 53×40cm, 2014

구봉성당, 53×40cm, 2014

아직도 바람 소리가 들리니?

응상성당, 53×40cm, 2014

* 2012년 1월부터 2016년 3월까지 부산가톨릭주보 표지에 연재한

그림 90여 점 중 일부

아직도 바람 소리가 들리니?

## 나바라기 소라

평소에 소라는 특별한 일이 없으면 항상
나를 바라본다.
그 큰 눈으로 그윽한 눈빛을 하고.

소라와 나와의 대화는 레이저 눈빛이다.
하고 싶은, 많은 말을 소곤거리며 할 수 없는 나와
소리는 있으나 언어가 없는 소라….

우리는 오늘도 내일도 서로 바라만 보며
그래도 부족함 없이 서로의 마음을 잘 읽어내며
눈빛만으로 마음이 통하는 그런 행복을 간직한 채
힘내며, 살아갈 것이다.

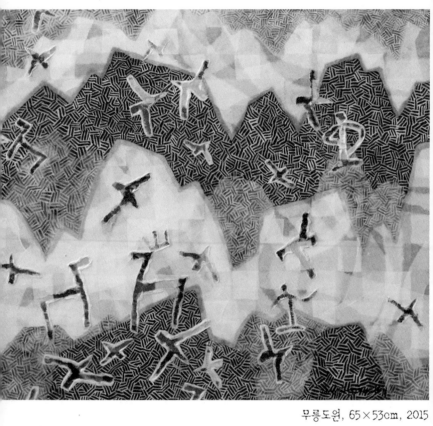

무릉도원, 65×53cm, 2015

아직도 바람 소리가 들리니?

# 무릉도원

자줏빛 산 너머 흰 산
밝음
맑음
행복
평화
자유
이 단어들이 모두 다 있는 그곳
무릉도원

나의 내일이 있고
대한민국의 내일이 있을 그곳.

# 분홍색이 어울리는 소라

몸이 좋지 않은 소라를 데리고
병원에 다니다가 거기서 미용까지 하게 되었다.
단골 미용실이 있었으나 미용실에서 가위에 혀를 한
번 베인 후부터는
내가 직접 소라 이발을 시켰다.
그러다가 오랜만에 다시 미용실에서 이발을 했다.
소라의 털을 깎은 미용사가
소라를 이뻐하며 선물로
분홍목걸이를 선물했다.

소라의 성별과 상관없이 분홍목걸이가 너무나 잘 어울
려 나도 모르게 소라를 향해 말을 했다.
"귀엽다" "예쁘다" "착하다"
어눌하고 둔탁하면서도 크게 울린 내 목소리에
놀란 소라가 동그란 눈으로 나를 바라보고 있다.

무슨 말인지 알아듣지 못했을지라도
애정이 담긴 내 마음은 전해졌으리라 생각한다.

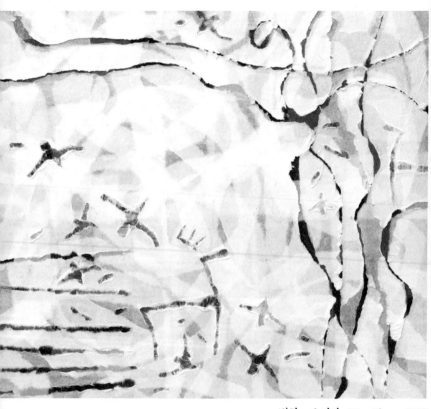

변화— 움직임, 53×46cm, 2015

아직도 바람 소리가 들리니?

# 변화 ~ 움직임

소라와 함께하는 시간이 많아질수록
내 안의 색깔들이 변화하기 시작했다.

이전에는 무심히 스쳐 지나갔던
행복과 기쁨이라는 단어들이 눈에 들어오기 시작했다.

눈앞에 펼쳐지는 사람들의 움직임이
마치 왈츠를 추듯이 자연스럽게 미끄러진다.

나도 어떤 이와 함께
내 마음속에서 들려오는 음률에 맞춰
춤추고 싶다.

# 일상을 누리는 소라

겨울이 다가온다.
그래서 소라의 털 길이를 자르지 않고 멋만 내주었다.

내 곁에서 잠을 자고 일어난 소라가
평온한 일상을 맞이하는 모습이 이뻐서 한 컷 찍어
본다.

매일 매일 아무런 일도 일어나지 않고
소라와 함께 이 평범한 일상을
오래오래 누리고 싶다.

유토피아, 160×130cm, 2015

아직도 바람 소리가 들리니?

# 유토피아

소라가 행복하게 자는 모습을 보며
그림을 그렸다.
모두가 같은 마음으로 함께 사는 낙원을 그렸다.

이 낙원에서는
산도 새가 되어 날아오르고
독 있는 뱀도 양처럼 온순해질 것이다.

그곳에서는
내 마음속에 있는 무거운 번뇌와
깊고 어두운 침묵들도
가벼운 새가 되어 날아갈 것이다.

# 양말 신은 소라

소라를 처음 만났을 때부터
소라는 피부병이 심했다.
그래서 고급 사료를 사서 먹이고 병원 치료를 꾸준
히 해왔는데도
몸과는 달리 발 비듬이 가끔 재발한다.

발에 바른 연고를 소라가 핥지 않도록 양말을 신겼다.
평소에 신지 않는 양말이라
답답한지 벗겨달라고 애원하는 눈빛을 보낸다.

그 눈빛에 말려들면 안 되기 때문에
나는 애써 먼 산만 바라본다.

아직도 바람 소리가 들리니?

# 더위를 타는 소라

우리 부부는 소라와 함께 순천 정원 박람회에 갔다.
약을 먹은 이후 소라의 건강이 어지간히 회복되었는
데도
한여름이라 그런지 소라는 몹시 헉헉거린다.

해마다 여름이면 소라가 덥지 않게 털도 짧게 깎아
주는데
올해는 유독 더위를 탄다.

검은 내 머리카락을 은빛으로 탈색시키는 세월은
소라에게도 해당되나 보다.
오래오래 우리와 같이
세월을 보내야 할 텐데
소라를 향한 안타까움으로 가슴이 쪼여 든다.

지상낙원, 160×130cm, 2016

아직도 바람 소리가 들리니?

# 지상낙원

낙원은 꿈속에만 있는 것이 아니다.
우리의 현실 속에도 낙원이 있다.

온갖 동물들이 뛰어 놀고
새가 날고
사람들이 마주보고 다정한 대화를 나누는
여기가
내가 꿈꾸는 낙원이다.

소라의 큰 눈동자와 내가 마주보며
서로의 마음을 나누는 이곳.

# 힘내라, 소라야

소라는 1년에 한 번씩 반드시 건강검진을 받는다.
그런데 피검사에서 소라가 간이 좋지 않다고 한다.
소라는 이제 여덟 살이고 나와 함께한 지 6년이 되
는 해이다.
아직 청춘인데….

발에는 비듬이 많다고 한다.
발 비듬 연고를 바르고 앞발을 핥지 못하도록
목 보호대를 착용하고 있다.

나는 서서 하는 장시간의 작업으로 인해 허리가 몹
시 불편하다.
그리고 눈도 좋지 않아서 계속 안과에 간다.
당분간 그림 작업을 쉬어야 할 상태이다.

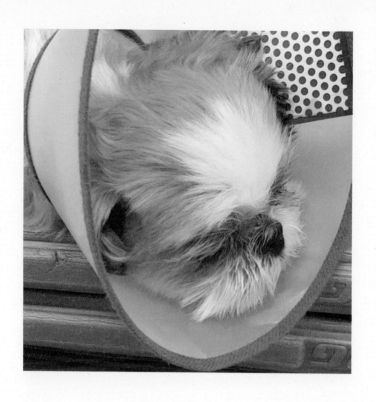

소리를 내지만 음절이 형성되지 않는 소라와 나는
육체적 아픔도 함께하는 것 같다.

힘내자, 소라야!

아직도 바람 소리가 들리니?

# 코피를 쏟은 소라

작업실에서 늦은 밤까지 작업을 하고 있는데
내 옆에서 자리를 지키고 있던 소라가
갑자기 코피를 쏟았다.
가슴이 철렁 내려앉았다.
서둘러서 병원을 찾았는데 병원에서는 일시적인 현
상이라고 했다.

하지만
소라가 코피를 쏟는 횟수가 늘어나서
덜컥 겁이 나기 시작한 나는
소라를 안고 이 병원, 저 병원을 돌다가 결국 소라의
병을 확인했다.

# 동물병원에 입원한 소라

소라는 비강악성종양 말기 판정을 받았다.
건강상에 아무 문제가 없던 소라에게 왜 갑자기 이
런 병이 왔는지.
이 지경이 될 때까지 도대체 나는 왜 몰랐는지.

소라는 통증 때문에 밤새도록 끙끙거리고
언제나 내 곁을 지키던 소라가 떠난다는 불안감과
미처 소라의 건강을 제대로 챙겨주지 못했다는 자책감
에 나도 끙끙거리며 밤을 지새운다.

소라를 입원시키고 나는 매일 병원에 들렀는데
웬일인지 소라는 나를 외면했다.
병원에 입원하면서
유기견으로 버려졌던 기억이 되살아나

내가 자신을 버렸다는 원망을 안고 있는지,
가망 없는 자신을 잊으라는 메시지인지,
도무지 소라의 마음을 알 수가 없다.

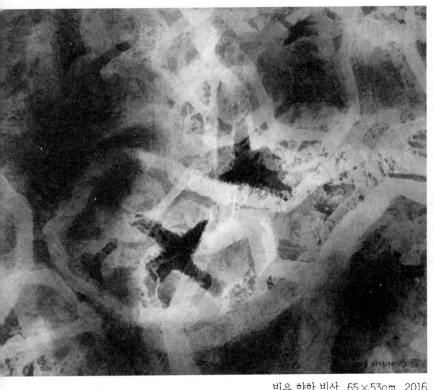

빛을 향한 비상, 65×53cm, 2016

# 빛을 향한 비상

동물병원에서 소라의 병을 확인받았다.
두 달을 넘기기 어렵다고 했다.

소라와 이미 너무 많은 것을 공유하고 있는 나는
소라가 없는 일상을 상상하기가 힘들다.

세상에는 기적이 있기 마련
나는 기적을 바라고 있다.
어둠이 내리기 전에 밝은 곳을 찾아다니는 새들처럼
소라가 절망하지 않기를 바라는 마음을 표현했다.

# 집으로 돌아온 소라

소라는 평소에 자신의 집에서 쉬고 자고 하는데
병원에서 퇴원하여 집으로 돌아온 소라는
예전의 소라가 아니었다.
먹는 것도 마다하고 그저 힘없이 처져있기만 했다.
평소에는 작품을 하려고 내가 작업해 놓은 한지를
나만큼이나 애지중지하는데
오늘은 무슨 일인지 나의 한지 위에 자신의 몸을 누
이고 있다.

자신이 갈 순간을 생각하며
내가 사용하는 한지의 향이라도 실컷 맡아두려는 것
인지
자신의 집까지 걸어가는 게 힘겨워
아무 곳에서나 그냥 널브러졌는지

말을 하지 않으니 소라의 마음은 알 길이 없고
숨 쉬는 것조차 힘겨워하는 소라를 보며
내 마음은 그저 아리고 답답하기만 하다.

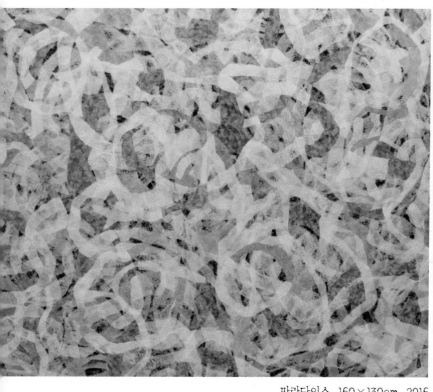

파라다이스, 160×130cm, 2016

아직도 바람 소리가 들리니?

# 파라다이스

소라의 병을 알기 전에 완성한 작품이다.
늪 속의 도롱뇽 알에서 영감을 얻었다.


곤충, 동물, 인간 등 모든 생명이 목숨을 다하고 하
늘로 올라갈 때의 모습을 상상해 본다.
직선으로, 직진으로 가는 것이 아니라 나선 모양으
로 갈 것이라고 생각한다.
한 번 출발해서 목적지에 도달하는 것이 아니라
하늘을 향하는 동안 여기저기 들러서
나선형을 그리며, 영혼들이 올라갈 거라고 생각해
본다.


나도 수명이 다하는 날에는 그들처럼 여러 개의 나
선형을 그리며 하늘로 가리라.
그곳에는 더는 적막만 있지 아니하고
나에게도 새소리, 바람 소리가 들리리라.

## 주사기로 우유를 먹고 있는 소라

날이 갈수록 소라는 눈에 띄게 수척해졌다. 먹는 것을 완전히 거부하고 누워 있는 시간이 잦아졌다.

나는 작업을 멈추고 당분간 소라한테만 집중하기로 했다.
소라가 내 마음속 깊숙이 들어와 나에게 세상의 소리를 전해준 것처럼 나는 주사기를 사용해서 소라한테 우유를 넣어주었다.

갓 태어난 아기를 보살피듯
소라한테 두세 시간마다 우유를 먹였다.
그나마도 먹고 나서는 토하기가 일쑤였다.

밤낮으로 나는 소라한테 우유를 먹이고 토한 걸 치우는 일을 반복했다. 소라가 이전처럼 다시 활기를 찾을 수 있기를 바라면서.

그런데
문득, 고통의 시간을 보내고 있는 소라를 보면서
내 욕심으로 소라를 붙들고 있는 것이 아닌가 싶어
가슴이 먹먹해졌다.

# 꿈의 낙원

소라가 입원해 있는 어느 날 꿈을 꾸었다.

나는 나무 한 그루 없는 바위산 위에 홀로 서 있었
다. 산꼭대기는 만년설로 덮여 있고 산 아래쪽에는
오랜 세월의 흔적으로 낡을 대로 낡은 사원이 있었
다. 사원을 둘러본 나는, 복잡하게 사슬이 얽힌 자물
쇠로 굳게 잠긴 문 앞에 서 있었다. 어떻게 자물쇠를
풀어야 할지 난감해 하는데 갑자기 원숭이 한 마리
가 자물쇠 위로 뛰어 올라왔다. 그 원숭이가 쉽게 자
물쇠를 풀어낸 덕분에 문이 열렸다. 열린 문 안쪽에
는 하얀빛으로 눈부시게 빛나는 책들이 꽉 들어차
있었다.
그 광경을 보는 순간 나는 꿈에서 깨어났다.

나는 직감적으로 소라가 내 곁을 떠날 것으로 생각
했다.

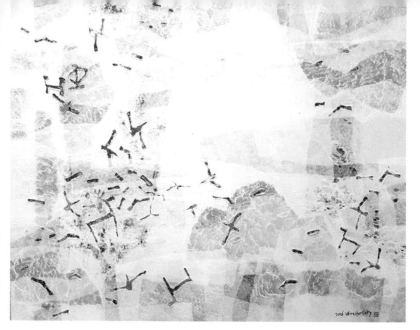

결국 소라는 2016년 원숭이 해에 떠났다.

소라가 떠난 날 달력의 숫자 밑에는 한자로 壬申(임신)이라고 쓰여 있었다. 그날은 아홉째 천간으로 원숭이 날이다. 원숭이 해의 원숭이 날 소라는 어디로 달려간 것일까.

화폭에다 소라와 나, 새의 모습을 담았다.
소라의 회복을 기원하는 나의 간절함의 표현이다.

아직도 바람 소리가 들리니?

# 기도하는 소라

내가 잠시 거실로 나갔다가 방으로 들어오는 순간
나는 깜짝 놀랐다.
소라가 성모님 상앞에서 혼자 기도를 하고 있었다.
통증이 심해 앉지도 못하는 소라가
아니, 몸을 가누는 것도 힘들어하는 소라가
불가능을 넘어서 저렇게 앉아있다니.
소라가 앉아있는 것 자체가 기적이었다.

소라는 성모님께 어떤 말을 하고 있었을까.
내가 기도를 할 때마다
옆에 앉아 있곤 하던 소라의 모습 그대로
하염없이 성모님을 바라보고 있었다.

군데군데 털이 빠지고 앙상해진 소라의 뒷모습을 바
라보며 나는 하염없이 눈물을 흘렸다.

이틀 뒤, 소라는 무지개다리를 건넜다.

아직도 바람 소리가 들리니?

# 성모님 앞에 바치는 소라의 유해

평소 소라가 즐겨 앉던 자리에 소라의 유해를 앉혔다.
너무나 고통스러울 때 성모님을 바라보던 소라를
잊지 말아 달라고 기도하였다.
소라가 이제는 고통이 없는 행복한 곳으로 가기를
바라며.

한 달여 간 소라 병간호를 하면서
나름대로 보낼 준비를 하고 있었는데
정작 보내고 나니
나는 아직 소라를 떠나보낼 준비가 안 되어 있었다.

소라야, 소라야
나는 일상에서 수도 없이 소라를 부르고 있었다.

꽃의 슬픔, 65×53cm, 2016

# 꽃의 슬픔

유난히 꽃을 좋아해서 꽃만 보면 달려가서 코를 갖
다 대던 소라가
가슴 시리게 그립다.

내가 꽃이 되어 소라와 교감을 하는 모습을 표현하
고자 했다.
그런데 채색을 하면 할수록 꽃은 눈물이 되었다.
소라를 떠나보낸 나의 상실감과 슬픔이 어둠이 되어
꽃에 드리워지고 있었다.

스스로 놀란 나는 붓질을 멈추었다.

소라 청각견 Sora
2006.1.1-2016.8.18

아직도 바람 소리가 들리니?

# 삼성안내견학교로 영원히 돌아간 소라

소라가 떠났다.
처음 온 곳으로 영원히 떠났다.
소라의 병을 좀 더 빨리 알았다면
조금이라도 더 살 수 있었을 텐데.

모든 게 내 탓인 것만 같아
안타깝고 미안하고 슬프다.

우리 가족은 소라를 기억하고 싶어서
삼성안내견학교 추모공원에 이름을 올렸다.

# 소라의 흔적 하나

소라는 갔지만
소라의 흔적은 곳곳에 남아 있다

내 방문에는 소라가 문을 열려고 발톱으로 긁던 흔적
이 고스란히 남아 있다.
소라는 화장실에 가고 싶을 때면 문을 할퀴었다.
그러다가 더 급해지면 나를 깨우기도 했는데
문을 열어주면 화장실로 황급히 달려 나가던 소라의
모습이 아직도 생생하게 느껴진다.

소라가 남긴 흔적은 소라가 그린 그림이 되었다.

소라가 보고 싶을 때, 소라가 그리울 때마다
이 흔적들이 나에게 큰 위로가 되리라.

# 소라의 흔적 둘

우리 집 현관문 앞에도 소라의 흔적이 남아 있다.
넓은 매트 위에 소라가 앉았던 흔적이 고스란히 남
아 있다.

처음에는 오줌인가 하고 냄새를 맡아봤는데 아니었
다. 소라의 땀 때문에 생긴 얼룩인가 해서 냄새를 맡
아봤지만, 그거 역시 아니었다.

어쩌다가 소라를 두고 나 혼자 집을 나설 때가 가끔
있었다. 그럴 때면 소라는 늘 저 자리에 앉아서 나를
기다렸다.

소라의 몸이 남긴 흔적이다.

나는 언제까지나 저 매트를 빨지 않고 보관하리라
다짐해 본다.

안녕, 소라, 65×53cm, 2016

아직도 바람 소리가 들리니?

## 안녕, 소라

소라가 떠난 지 5일 만에 나의 꿈속으로 소라가 찾아
왔다.
소라의 온몸은 흰색으로 빛이 났다.

내가 큰 목소리로 소라야 하고 불렀더니 소라는
망설임 없이 내 다리 위로 뛰어 올라왔다.

나는 소라와 한참 동안 산책을 한 다음 누워서 쉬는
데 내 겨드랑이 옆에 누워 있던 소라가
스르르 팔에서 빠져나갔다.

놀란 내가 큰 목소리로 여러 번 소라를 불러 세웠더
니 소라는 한참 꼬리를 흔들어 주고는 빛이 나는 흰
길을 따라 떠나갔다.

나도 소라를 보내주어야 할 시간이 다가왔다.

## 소라의 부재

8년 동안 나와 함께한 소라와의 시간을 계산하니
7만 시간이 넘는다.

만 시간만 같이 보내도 염색체가 달라지다는데 우리는
서로의 염색체가 일곱 번이나 달라지는
시간을 같이 보낸 것이다.

소라는 반려견이 아니라
나의 동무였다.

소라를 보내고 나니
소라한테 미안했던 일들만 자꾸 생각난다.

내가 야외에서 스케치를 하는 동안
차 안에서 기다리게 했던 일,
나는 때마다 밥을 챙겨 먹으면서

소라의 부재, 53×46cm, 2016

소라의 밥 시간을 놓쳤던 일,
나는 낯선 사람을 만나는 걸 제일 싫어하면서
소라한테는 수시로 낯선 사람을 만나게 했던 일,

소라의 부재는 내게 성찰의 시간이다.

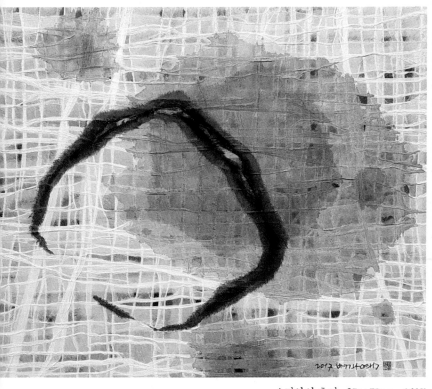

소라와의 추억, 65×53cm, 2017

아직도 바람 소리가 들리니?

## 소라와의 추억

어둠을 유난히 싫어하는 소라가
거실 바닥에 비치는 달빛을 따라 창밖을 바라보던
모습이 떠오른다.

오늘 밤도 달빛이 거실 바닥 깊숙이 들어왔지만
내 옆에 소라만 없다.

소라는 떠났지만
소라가 바라보던 보름달은 그대로다.

생명은 태어나고 스러지고 하는데
보름달은 항상 그대로다.

달도 자신을 바라보던 수많은 생명들을
기억하고 있으리라.

# 소라를 추억하며

# 기쁨과 슬픔을 주고 떠나간 소라야!

## - 할머니의 편지

낙동강에 붉게 타던 저녁노을이 어둠에 밀려 스러져가듯 그렇게 우리 곁을 슬프게 떠나가 버린 소라야!

혹독한 계절의 겨울은 가고 겨울잠 자던 모든 초목은 새순을 틔운단다. 벌써 매화꽃은 지고 목련도 꽃을 피우려 하는데 소라 너는 낙엽 아래 흙 속에서 깨어날 줄 모르는구나.

만나면 반드시 헤어지고(會者定離) 모든 살아있는 생명은 영원한 것이 없다(生者必滅)는 진리를 왜 모를까마는, 소라 너의 부재가 내 가슴을 이토록 후벼 파는 것은 내 아들에 대한 염려와 걱정이라는 그 이기적인 모성이리라.

대중 속에 있어도 항상 혼자인 듯 고독하고 불안

했던 내 아들.

그런 아들의 귀가 되어 기쁨과 행복감과 삶의 활력을 주면서 온 가족의 사랑을 받던 소라야!


사람이 가진 탐욕과 오만함과 사악함 없이 언제나 호수와 같이 맑고 애절한 눈빛으로 사람을 바라보며 요조숙녀처럼 조용히 내 아들에게 도움을 주고 떠나버린 너, 소라야!

그동안 내 아들 곁에 머물러주어서 정말로 고맙다.

내 아들의 기쁨이 되어 주고 귀가 되어 주어서 참으로 고마웠다.

너의 부재로 내 아들이 가질 상심이 염려되지만, 너는 너대로 보내주어야 함이 마땅하다는 생각이 드는구나.


소라야! 이제 천국에 가서는 마음대로 짖고 마음대로 먹고 아무 곳에서나 뛰고 놀기를 바란다. 내 아들을 대신하여 내가 너에게 보은할 수 있는 길이 있다면 기꺼이 얼마든지 그 은혜를 갚아주겠으나 방법이 없으니 오로지 너를 잊지 않고 감사한 마음을 놓지 않겠노라.

영원히 우리 가슴에 남을 소라야, 이제 평안히 잠들려무나!

2017년 3월
햇살이 따스한 날에 할머니가

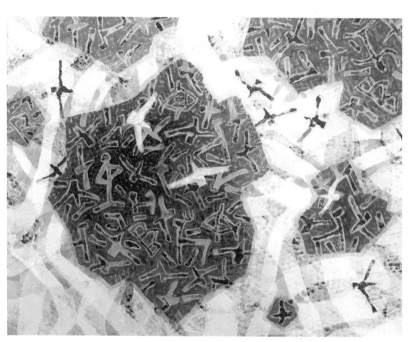

꽃의 환희, 65×53cm, 2018

## 사랑하는 우리 막내 소라
– 아내의 글

 지금도 '소라'의 이름만 들어도 목이 메고, '소라'에 대한 이야기를 좀 하고 있으면 나도 모르게 눈물이 줄줄 흘러내린다. 나는 감정 표현을 잘 안하는 편인데 소라는 너무나 깊이 내 안에 들어와 있었다.

 사람들은 일반적으로 듣지 못하는 불편함에 대해 크게 생각하지 않는 거 같다. 왜냐하면, 듣지 못하는 사람들이라도 운전도 하며 다니고 보통 사람들도 하기 힘든 고산지의 등반까지도 다 해낼 수 있기 때문인 것 같다.

 하지만 듣지 못함으로 인한 소소한 불편함은 생각 이상으로 굉장한 것이다. 듣지 못하는 남편이 나보다 한 걸음만 앞서가고 있어도 내가 다가가서 그 사람을 손으로 붙들 때까지 그 사람이 뒤를 돌아보게

할 방법이 없다. 그런 순간마다 나는 잰걸음으로 남편에게 다가간다.

게다가 바깥에 있는 남편에게 연락할 일이 있어서 문자를 아무리 여러 번 보내도 남편이 그 문자를 볼 때까지는 연락이 닿지를 않아 발을 동동 구른 적이 한두 번이 아니었다.

내가 교대를 졸업하고 미술대학으로 편입해서 대학 미전 준비를 할 때 어린 나이에 그림 지도 선생으로 대학에 온 남편을 만난 나는, 살면서 그 정도의 불편함은 거뜬히 넘어설 수 있으리라 자신했다.

그런데 아이가 생기고 집안일을 하면서 나의 두 손은 집안일을 해내기에도 바빠서 남편과 함께 수화로 대화를 할 여유가 별로 없었다. 그러면서 남편과 나 사이에는 소소한 일상사를 놓치는 경우가 많았다. 하지만 우리 부부가 가지고 있는 서로에 대한 기본적인 믿음과 신뢰와 배려가 우리의 결혼 생활을 지켜주었다.

어느 날, 남편이 청각도우미견을 입양하자고 했을 때 개를 별로 좋아하지 않는 나는 선뜻 동의하지를 못했다. 하지만 지금까지 살아오면서 나는, 남편이 하고자 하는 일은 대부분 그대로 따라주었다. 여러 가지로 염려되는 부분이 없지는 않았지만, 기꺼이 나는 청각도우미견을 입양하기로 했다.

소라는 남편의 보청견이기도 했지만, 남편과 나 사이를 이어주는 애정의 고리 역할도 해주었다. 내가 남편을 부르고 싶을 때, 내가 남편에게 급히 문자로 연락을 할 때 소라가 나의 소리와 나의 문자를 남편에게 물어다 주었다. 소라의 존재로 남편과 나의 관계가 훨씬 돈독해졌을 뿐만 아니라 내 아이들과 친척들과의 관계까지도 훨씬 윤택해졌다.

시간이 지나면서 소라는 청각도우미견이 아니라 자연스레 그냥 우리 가족이 되었다. 소라에게 남편은 언제나 '주인님'으로 존재하기에 내가 남편보다 소라와 더 가까워지지 않도록 매사에 조심하고 절제해야 하는 부분이 있기는 했지만, 그래도 소라는 나의 예쁜 막내였다.

그런데 2년 전 갑자기 닥친 소라의 병은 우리 부부에게 너무나 큰 충격이었다. 종양 발견 후 입원, 퇴원, 입원을 반복하면서 시간이 많이 남아 있지 않다는 의사의 진단에 우리가 소라를 제대로 돌보지 못해서 그렇게 된 것이 아닌가 하며 여러 날 밤잠을 설쳤다.

소라가 통증이 몹시 심해 밤새 잠을 자지 못하던 어느 날이었다. 온 집안을 돌아다니던 소라가, 내 앞으로 다가와 하소연하듯 바라보던 모습은 지금도 잊을 수가 없다. 그렇게 고통 받는 소라를 보며 우리는 이제 소라가 편안해졌으면 좋겠다는 생각을 했다.

소라는 끝내 우리 곁을 떠났다. 하지만 소라에 대한 추억과 기억을 오래 간직하고 싶어서, 그리고 이렇게 어여쁜 청각도우미견이 있었다고 사람들에게 알리고 싶어서, 우리 부부는 소라와 관련한 책을 내기로 한 것이다.